原振俠

系列
少年版

02
迷路

上

作者：倪匡　　　文字整理：耿啟文　　　繪畫：東東

序

　　回想《衛斯理系列少年版》推出之時，作者倪匡對此大感讚嘆，更樂為之序，後來與他談及改編另一個科幻小說系列《原振俠》，他也笑言喜見其少年版。遺憾倪匡已不能在地球上看見這部作品順利誕生，但願他在某個角落得知，活着的人依然秉承他的心願，繼續推廣其作品，讓更多少年人認識他的創作，好讓這些不朽經典流傳下去。

明報出版社編輯部

目錄

第一章　奇怪請柬　　　　　　　　6

第二章　秘密跟蹤　　　　　　　　18

第三章　離奇失蹤　　　　　　　　33

第四章　精神失常　　　　　　　　48

第五章　突然到訪的黃部長　　　　63

第六章　調查失蹤事件　　　　　　77

第七章　出手相助　　　　　　　　90

第八章　富豪舅舅　　　　　　　　103

第九章　目擊證人　　　　　　　　114

第十章　命案經過　　　　　　　　127

角色介紹

黃絹
非洲某國的重要人物，
總帶着神秘感的女子。
個性倔強，神態高傲。

原振俠
溫文、帥氣、聰明
的醫生，對神秘事
件充滿好奇心。

尼格酋長

陳維如

王一恆

第一章

奇怪請柬

按下辦公桌旁一系列**按鈕**中的一個，落地長窗前的窗簾便自動打開，露出大半個城市的景色。

　　王一恆的辦公室，位於這幢以他名字命名的大廈頂樓。他很喜歡坐在辦公桌後，透過那一幅高達四米、寬十二米的窗，欣賞這個亞洲大城市的**風景**，同時對自己的事業成就感到驕傲。

王一恆的視線從窗外收回來，落在辦公桌的一張請柬

上。這是一張奇怪的請柬，王一恆已經第三次收到它了。

第一次是在十二月三十日——一年結束的前一天。那是兩年前的事情了，當時的情景，王一恆還記得很清楚。

王一恆是一個龐大跨國企業集團的**首腦**，影響力遍及世界各地幾乎每一個行業，連王一恆自己也數不清他屬下的機構究竟有多少。

像這樣的一個人物，每天收到的**請柬** ✉ 多得有一個秘書專門負責處理。大多數請柬都不必給王一恆過目，而是直接由秘書答覆：「☺ **抱歉**，本人事務繁忙，無法參加。」只有一些重要的請柬，才由秘書陪同王一恆商量，決定是不是參加。

這位秘書叫許小姐，十分**能幹**，在兩年前的十二月三十日，她照例在上午十時，捧着一疊請柬進了王一恆的辦公室。每天固定有半小時時間，她向老闆**匯報** 💬 並處理重要請柬的事務。

當天，王一恆的事情極忙，但一張十分精緻的**純銀色**請柬吸引了他的目光。

許小姐馬上講解：「這請柬不知道是誰開的玩笑。但看它這樣**精緻**，我們又從未收過同類請柬，而且對方沒有留下聯絡方法，我無法回覆，也不敢隨便丟掉，所以先給你過目。」

請柬是純銀色的薄片，既像**金屬**，又似**塑膠**，上面印有深黑色的字，卻分成了六種不同語言，王一恆只認得其中的中文、英文、日文和法文。

而許小姐早已把所有文字**翻譯**過，她告訴王一恆，餘下兩種文字是葡萄牙文和阿拉伯文，而六種文字表達的意思完全相同。

當中的中文內容如下：

敬請閣下於十二月三十一日晚十一時五十九分，獨自準時到達夏威夷群島中的毛夷島，著名風景區針尖峰下。屆時，閣下將會見到最想見的人，和遇上最渴望發生的事。收到此請柬的貴賓，都擁有私人噴射機，可以在三十小時之內，到達世界上任何角落。樂見閣下出現，敬祝新年快樂。

請柬的下款沒有**署名**。

王一恆看着請柬，心中十分好奇。他當然有私人噴射機，就算明天下午出發，他也可以準時到達請柬邀請他去的地方。

許小姐看到王一恆**全神貫注**地望着那張請柬，不禁用訝異的語氣問：「王先生，你不是——想要去吧？」

王一恆快六十歲了，從三十多年前開始為事業奮鬥，一直到現在，已經攀上了事業的**頂峰**。在旁人眼中，他是一個極成功的人物，想要什麼都唾手可得；但在他來說，生活早已失去了刺激和樂趣。

而這張神秘的請柬，説他可以「見到最想見的人，和遇上最渴望發生的事」，換句話説，就是「**夢想成真**」，免不了引起王一恆的好奇，因為他也很想知道，此刻自己的夢想是什麼。

不過這張請柬看來是**惡作劇**居多，像他這樣的大人物，自然不會輕易上當，所以他拉開抽屜，把請柬放了進去，説：「我當然不去，還有什麼重要的邀請？」

那張請柬，就這樣在抽屜中放了一年，繁忙的事務使

王一恆根本忘記了這件事。直到一年前，又是十二月三十日，上午十時，許小姐又帶着同樣的請柬，來到他的辦公室中，王一恆才感到事情多少有點**不尋常**。

許小姐把同樣的請柬放在辦公桌上，請示道：「王先生，這惡作劇又來了，可以直接丟掉嗎？雖然上次你收藏起來……」

王一恆拉開 *抽屜* ，將去年的那張請柬取了出來，兩張請柬是一模一樣的。王一恆皺了皺眉，「信封呢？是從哪裏寄出的？」

許小姐取出信封，信封也是漂亮的銀色，印着黑色的字，沒有 **郵票**，是專人送來的。

王一恆思索了三分鐘，結果還是把兩張請柬一同放進抽屜。就這樣，又過了一年。在這一年裏，王一恆曾經好幾次想起過那怪異的邀請。

一年很快過去，而同樣的請柬，**第三次出現了！**

這次許小姐也沒有多說什麼，只是在處理好事情之後，將這張請柬放在桌上，就走了出去。

王一恆在許小姐離開後，按下按鈕將 **窗簾** 打開，然後又注視着請柬，心中疑惑到極。

　　如果是 **開玩笑** 的話，接連三年開這樣的玩笑，對方有什麼目的？這樣的玩笑有什麼意義？

　　他又忍不住去想請柬上那充滿誘惑的字眼：「見到最想見的人，和遇上最渴望發生的事。」

像王一恆這種已經擁有了一切的人，還有什麼人想見？有什麼事情極渴望發生？

他愈去深思，愈覺得煩躁，甚至真的想去赴約，**尋找答案**！

然而他又嘆了一口氣，這種事對他來說，真是太奢侈和太冒險了，他根本沒有時間去做這種胡鬧的事。

他又打開了抽屜，把三張請柬放進去，可是合上抽屜的**一剎那**，他突然想到了一件事，立即把其中一個助手叫進來。

那是一個極能幹的年輕人，王一恆吩咐他：「你用我的名義去問一下，國際上所有地位不低於我的人，他們是不是曾經收到過請柬，請他們在除夕夜到**夏威夷**的毛夷島去？我給你**三小時**去辦這件事！」

那年輕人聽了並沒有多問半句，就立刻去辦。

午飯過後，那年輕人向王一恆報告：「董事長，你吩咐的事已有結果，我一共問了二十個人，其中四個人答覆收到那樣的請柬。」

四人的名單在這裏。

王一恆看着那張紙，皺起了眉。

第二章

秘密跟蹤

那四個人的名字，王一恆都很**熟悉**。一個是美國的大油商，德州的富豪；一個是日本重工業的巨擘；一個是西歐著名的工業家兼軍火商；一個是在南美州，擁有比世界上許多國王還要多土地的富翁。

王一恆心中想：四人的地位可以說和自己差不多，請柬上說的沒有錯，獲邀請的人都擁有**私人噴射機**。

這四個人是不是曾經赴約？王一恆心中極為好奇，

深深吸了一口氣，説：「替我安排和這四個人的**視像會議**，一小時之後開始！」那年輕人略為猶豫了一下，但他的猶豫沒有超過半秒鐘，立即又答應了。

那四個人全是超級大亨，要他們接聽電話，也需要好幾天時間預約，而且多半約不到。如今只有一小時去安排他們一起參加視像會議，聽起來簡直是**天方夜譚**。但是，他以王一恆的名義去做，就辦到了。

時間一到，在會議室的巨大屏幕上，德州石油大王首先開口，以濃重的美國南部口音説：「王，不是想告訴我，你的企業已找到了石油的替代品吧？」

其餘三人相繼**發言**，南美富翁更打着呵欠。

王一恆直入正題：「對不起，我今天是想討論一下那張請柬的事。」

那四個人都不約而同地**沉默** 了片刻。

　　德州油王率先「**哼**」地一聲：「誰會真的去理會那請柬？」

　　王一恆說：「另外還有多少人收過這張請柬，我不清楚，但我們五個人都連續三年收到過。」

　　歐洲工業家笑道：「王，你不是準備去**赴約**吧？」

　　日本人的英語相當生硬：「這是，可以不必理會。王先生，你曾赴過約？」

　　「我沒有，你們之中誰赴過約？」

　　王一恆的發問惹來一陣笑聲，笑聲最大的是德州油王。

王一恆又問：「你們從來也沒想過去赴約？」

歐洲工業家說：「為什麼要去想這種無聊的事？」

王一恆嘆了一聲，「或許真會有 夢寐以求 的好事發生！」

四人笑得更厲害了，南美富翁邊笑邊說：「我們什麼都有了，你還想遇見什麼？想見 神仙 嗎？哈哈……」

德州油王更笑得流眼水，「坦白說，我反而希望什麼事都不要發生，保持現狀就好。哈哈……」

王一恆又嘆了一口氣，「對不起，耽擱了各位寶貴的時間——」

但那歐洲工業家突然叫嚷起來：「等一等，我們收到的請柬上有**六種不同的文字**，其中五種文字正是我們各人的母語。」

日本人隨即說：「這樣說來，收到請柬的至少還有一

個阿拉伯人，不然那阿拉伯文寫給誰看？」

德州油王笑着猜測：「難道是沙地的雅曼尼王子？」

南美富翁説：「我們不妨來個*比賽*，看誰先猜中收到請柬的阿拉伯人是誰？」

他們瞎猜了一會，同時吩咐助手去查，沒多久，那個歐洲工業家便**歡呼**道：「我贏了，我的助手剛剛聯絡過道吉酋長國的尼格酋長。」

「是他！」其餘的人都**悔恨**自己怎麼沒想到。

歐洲工業家讓助手來向大家報告：「各位好，我剛才聯絡過尼格酋長的秘書室，他們説尼格酋長在半小時前離開國境，到夏威夷去了。」

「一定是他了！」大家**異口同聲**。

日本人開始有點好奇，「我們是不是也要接受這個邀請？反正尼格酋長也——」

南美富翁叫了起來：「我才不會去！」

德州油王、歐洲工業家也先後表示了同樣的意見，而日本人的興致也瞬間被 澆熄 。

他們還調侃道：「王，要是你去的話，就將結果告訴我們。」

視像會議就此結束，王一恆皺着眉吩咐助手：「去追查尼格酋長的 行蹤 。我們在夏威夷分部的員工隨你調動，我要收到即時報告！」那年輕人立刻去辦。

王一恆離開了會議室，並沒有回到辦公室，而是直接到私人休息室裏沉思。此刻他沒辦法工作，因為這件事已勾起了他無窮的 好奇心 。

六個人之中，尼格酋長已抵受不住好奇心的引誘，出發到夏威夷去。王一恆在想，自己是不是也應該接受這項挑戰？

現在還有足夠的時間，可以使他在約定的除夕夜十一時五十九分，到達約會地點。

可是他足足想了半小時，最後還是拍了一下頭，讓自己 清醒 過來，別再去想那些莫名其妙的事，好好處理公務。

他回到辦公室工作，一直到晚上九點才離開。

第二天早上起來，他發現手機已收到助手轉發過來的一堆最新 報告 ：

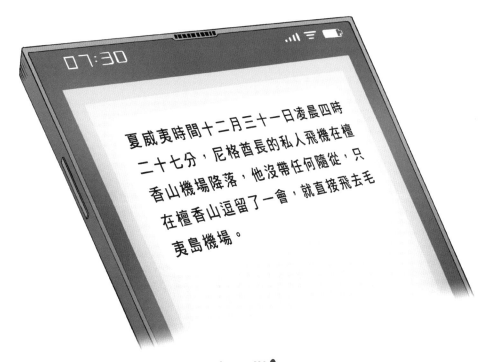

夏威夷時間十二月三十一日凌晨四時二十七分，尼格酋長的私人飛機在檀香山機場降落，他沒帶任何隨從，只在檀香山逗留了一會，就直接飛去毛夷島機場。

尼格酋長在檀香山的**行蹤**，是王一恆屬下機構在檀香山的幾個人員負責報告的。當尼格酋長轉往毛夷島時，追蹤尼格酋長的*任務*就交給了當地的另一名員工，他是一個日裔美國人，相當精明能幹，名字叫三橋武也。

助手整合了三橋武也的訊息，再轉發給王一恆，訊息中的第一人稱是三橋武也：

他抵達毛夷島的時間是十二月三十一日早上七時零六分，比預定時間早兩分鐘降落，有專人驅車在跑道上接他。他和一個看來是機師的人一起下機，上了車，直駛向機場大樓才下車。在機場大樓，尼格酋長與那位機師，發生了小小的爭執。

我盡量靠近他們，偷聽到那名機師說：「酋長，你絕不能單獨行動，不論你到哪裏，我都有責任跟在你的身邊！」

酋長十分生氣，怒罵：「我已經說得夠明白了，你留在機場等我！」

機師的神情十分為難，卻又不敢再說什麼，一個前來迎接的當地官員問酋長：「閣下準備到哪裏去？」

酋長回答：「針尖峰。」那官員聽了，連忙向酋長講解到針尖峰去的路線該怎麼走。

尼格酋長在檀香山的時候，已經通知毛夷島方面，替他準備了一架性能超卓的跑車。

我和兩個助手會小心地尾隨着尼格酋長的那輛跑車，雖然車子的性能有差距，但前往針尖峰的路我十分熟悉，所以跟蹤也不會太難。

王一恆看完這一波報告，心想：等到當地午夜時分，尼格來到針尖峰下，一切 **謎題** 就能解開了。王一恆感到非常滿意，這樣他自己就不必赴約，也能弄清楚那張怪請柬到底是什麼一回事。

沒多久，王一恆又收到一條訊息：「尼格酋長中途在

一家酒店*休息*，租了一間豪華套房。我的一個助手就守在他的房門口，一個守在電梯口，我本人在酒店門口，只要尼格酋長一出現，就可以繼續**跟蹤**。而酒店離針尖峰，大約有兩小時的車程。」

王一恆所在的城市已到了元旦，他從早上開始就有不少活動，在一個活動中，他又收到報告短訊：「尼格酋長離開了酒店，駕車直赴針尖峰，我正順利跟蹤着。」

王一恆把*傍晚*以後的活動都推掉，下午就提早回到他的豪宅，等待夏威夷那邊的消息。自從中年喪偶之後，他一直未有再娶，也沒有子女，每次回到家中，心裏總有一種**寂寞感**。

當他躺在沙發上的時候，電話鈴聲響了起來，是他的助手打來的，這次不是傳短訊，而是直接**打電話**，一定有什麼重要消息必須親口講。

王一恆連忙接聽，手機立即傳來那年輕助手的聲音：「王先生，三橋說……」

「說什麼？快講！」王一恆很着急。

「他本來跟蹤得非常**順利**，而到針尖峰去也只有一條路可供汽車行駛。可是在十一時零三分，突然**失去**了尼格酋長的蹤迹！」

王一恆聽到

這裏勃然大怒，「三橋做事太不可靠了！怎麼可能會跟丟的？」

年輕助手馬上説：「雖然中途不見了酋長的行蹤，但估計問題不大，**目****的地**既然是針尖峰，到達那裏之後就可以找到他。」

「有消息立刻通知我！」王一恆**怒吼**一句就掛線了。

半小時後，助手的電話又來了，他聲音急促地説：「王先生，三橋已經到了針尖峰，但一個人也沒看到。他正設法繞着**山峰**行駛，看能不能發現尼格

酋長的下落。」

接下來，每半小時就收到一次報告，但內容全是一樣的：「針尖峰下一個人也沒有，沒有尼格酋長的下落。」

幾次同樣的報告後，算來已是夏威夷時間凌晨六時了，那個如果存在，早已進行了。王一恆十分惱怒地說：「不必再向我報告了，取消一切跟蹤行動！」

第三章

離奇失蹤

　　尼格酋長獨自駕車離去後，過了大半天還沒有消息，他的私人機師——強生感到極度**不安**，開始和當地的官員聯絡。

　　在機場迎接他們的那個官員笑呵呵道：「請放心，到針尖峰去只有一條公路，絕對不會**迷路**的。」

　　強生有點惱怒，「我不是說迷路，是恐怕有意外！」

　　那官員嚇了一跳，尼格酋長地位如此重要，若在夏威

夷有什麼意外，說不定會釀成國際糾紛，此事非同小可。

強生說：「我立即去找他。如果只有一條路，就算他已經開始回來，我也可以遇到他！」

「對！」那**不知所措**的官員連聲附和。

強生立刻租了一輛車，沿着通往針尖峰的公路駛去。

他來到針尖峰已是凌晨四時了，當時**一個人也沒有**，

而且沿路一直沒遇見酋長的車，他開始感到不妙，握着駕駛盤的手開始冒出 冷汗，忽然看到前面有一輛車駛來，強生高興得不由自主地大叫，以為終於找到尼格酋長。可是他很快就😟失望，因為那不是酋長的車，而

是同樣在尋找尼格酋長的三橋武也和他的兩名助手。

一直到中午,尼格酋長還是**沒有現身**,就連那輛跑車也**不知所終**。

消息傳播得極快,尼格酋長失蹤的新聞轉眼間已傳遍世界每個角落。幾個阿拉伯大國立時要求美國政府交代!

王一恆知道尼格酋長在毛夷島失蹤的消息後，頓時覺得全身發涼，他從沒想過那張神秘的請柬會造成這樣可怕的結果。

那個南美富翁立時打電話來，劈頭就問：「王，知道那消息了？」

王一恆回答：「剛知道，酋長可能……是迷路了？」

「當然不會！只有白癡才會去赴約，我看可能是什麼恐怖組織將他綁架了！」

王一恆苦笑一下，沒有表示什麼，南美富翁又說：「我再去和別的人聯絡，一有新消息就互相通知吧。」

第三天，美國中央情報局組成了一個特別小組前來毛夷島調查事件，向有關人等查問事情經過。強生表示當他去尋找酋長時，曾遇到過另一輛車幾次之多，對方看

來也是在 尋找 什麼。

中央情報局人員很快就找到那輛車上的三橋武也，但三橋堅決不肯吐露為什麼當晚凌晨四時會在針尖峰附近出現。根據美國憲法，他完全有權保持 **沉默** ⋯ 。但是那個特別小組的組長溫谷上校，卻十分有辦法。

在西方人來說，溫谷上校算是小個子，有着一頭紅髮，他 ☺ **溫和** 地拍着三橋的肩頭，說：「三橋先生，尼格酋長不是一個普通人。誰都知道，你絕不會在凌晨四時到針尖峰觀賞風景，而且酋長到達機場的時候，就有人看到你也在機場。」

三橋當時的態度還是非常 **倔強**，「你在暗示什麼？你們沒有證據控告我任何罪名！」

溫谷上校的聲音仍是那麼柔和：「或許是。但你和事情有關這一點，隨便你怎麼否認也沒有用。你想想，阿拉

伯人會放過你嗎？你可曾聽説過卡爾斯將軍這個人？」

　　一提到卡爾斯將軍，三橋的神情就有點**不自在**，

「當然聽説過，他統治着一個非洲國家，又是全世界恐怖

活動的支持者。像我這種小人物，他哪會在意？」

　　溫谷笑道：「三橋先生，當你牽涉入尼格酋長的失蹤

事件時，你就不算是**小人物**了。」

　　卡爾斯將軍這個名字確實把三橋嚇到了，溫谷上校故意放他走，他卻不敢走，急促地**喘着氣**，然後説：「好，我願意把一切説清楚。」

　　溫谷微笑着，開始錄下兩人的問答內容。

「我是奉命跟蹤尼格酋長的。」

「命令來自什麼人？」

「是我在檀香山的上司，但我知道命令真正來自王氏機構的主席王一恆先生。」

「你跟蹤的經過是怎樣？」

「從尼格酋長一到毛夷島開始，我和兩個助手就跟蹤他。他那輛跑車性能十分好，但我知道他的目的地是針尖峰，所以跟蹤起來並不難。尼格酋長中途在一家酒店休息了幾小時，然後繼續上路，那時我們仍然跟蹤得十分順利，也依時向上司發報告。可是到了十一時零三分，卻發生了一些事──」

「什麼事？請說得詳細一點。」

「那時公路上只有我們兩輛車，我和他之間一直保持着兩百米右的距離，而那段路彎角特別多──」

離奇失蹤

「是哪一段路？」

溫谷打開了地圖，從地圖可見，通向針尖峰的公路只有一條。那條公路在通過針尖峰之後，繼續向山上伸延，一直到達毛夷島上最高的山峰；三橋在地圖上指出了那一段連續的彎路。

「起初每當轉彎後，我仍可以看到尼格酋長的車就在前面。可是到了這裏，一連有三個急彎，我看着尼格酋長的車轉過了第一個彎，到我也跟着轉過去之際，尼格酋長的車已經轉了第二個彎——」

「等等，如果那時尼格酋長的車已經轉了第二個彎，那麼你已看不到他的車了？」

「對。不過那時候公路上極寧靜，尼格酋長那輛超級跑車的引擎聲相當大，我雖然看不到他的車，但仍可聽到他跑車發出的聲響。」

「然後呢？」

「我並不急，因為根本只有一條路可走。但當我轉第二個彎的時候，立時感到事情有點不對勁，因為前方突然靜了下來，靜得一點聲音也沒有。我第一個念頭是：尼格酋長發現有人跟蹤他，將車停了下來！」

「這推測很合理，你怎麼應付？」

離奇失蹤

「我感到吃驚，因為尼格酋長不是普通人，所以我也停了車，細心想着要是酋長下車來質問我，我該怎樣應付。」

「嗯，結果他沒有來？」

「沒有，我等了兩三分鐘，前面依然一點聲音也沒有。我就慢慢駛過去，轉了彎，沒看到他的車，再轉了一個彎，前面已經是直路，放眼看去依然沒有車。我暗叫糟糕，加快速度駛去，一直駛了十分鐘，依然沒看到酋長的車。我心中急到了極點，又向前駛了十分鐘，就報告失去了尼格酋長的行蹤。」

「按照你的敘述，尼格酋長就在那連續幾個彎路上失蹤的？」

「我不清楚，我看不到發生了什麼事，不知道尼格酋長為什麼連人帶車不見了。」

「當時你沒有聽到任何可疑的聲響？例如有車掉下山去……」

「絕對沒有。當時公路上極靜，任何明顯的聲響，我都一定能聽見。」

他們的談話就到這裏結束，三橋最後*惴惴***不安**地問：「我和酋長失蹤有關的事，你們會幫我澄清嗎？」

離奇失蹤

溫谷只是微笑☺着説了一句：「請放心。」

接下來，溫谷和他的特別調查小組又做了兩項工作，一是調查三橋的上司和王一恆，結果前者把事情全攬到身上，聲稱跟蹤完全是他自己一人的意思，目的是希望了解尼格酋長的**喜惡**，將來談石油生意時或許可以在老闆面前爭取表現，而王一恆則自稱全不知情。

調查小組的另一件工作，就是到事發那段公路上察看。

那連續三個彎位，一個接一個，而公路的一邊全是崇山峻嶺，另一邊則是陡峭的**斜坡**，如果駕駛不小心，倒是很容易跌下去的。

儘管三橋和他的兩個助手都沒有聽到車子跌下山崖的聲響，但溫谷還是下令在附近一帶進行**搜索**。

結果沒有任何發現。

第四章

精神失常

尼格酋長的失蹤成了懸案，溫谷上校雖然是個鍥而不捨的人，但是過了一個月後，他也不得不**放棄**了。

當然，溫谷的工作告一段落，並不表示尼格酋長的失蹤就此不了了之。這樣一個重要人物的神秘失蹤，會引起一連串**連鎖反應**。

現在先來說另一件事，這事看來與酋長失蹤毫不相干，但發展下去卻有着莫大的關係——

原振俠已經是一個正式的

醫生🩺了。

他曾一度退學，但又

重新申請入學。幸好他成績

一向*優良*，申請很快便得到

批准，使他能繼續最後一年的醫學

課程。

他在醫學院畢業後，留在日本當了一年實習醫生，然後他選擇離開日本，在亞洲一個大城市定居，還進了當地一所規模龐大的 **醫院** 🏥 工作。

他搬入醫院的單身醫生宿舍，閒時看書、聽音樂，收入花了一半在他的 🔊 **音響設備** 上，所以不少愛好音樂的醫生都喜歡去他的宿舍，其中一個經常在原振俠宿舍留戀不去的人，是一位年輕的外科醫生，名字叫陳維如。

陳維如沉默寡言，熱愛音樂，那一天晚上，原振俠照例在休息之前聽一段 🎼**音樂**♪。門鈴這時就響了，原振俠打開門，看到了陳維如，便說：「你來得正好，是聽《鱒魚》，還是《紀念一個偉大的藝術家》？」

只見陳維如的神情十分 😟**異樣**，緊皺着眉，像是滿懷心事，口唇在微微顫動着。他走了進來，雙眼極度茫然，神態如同 **夢遊** 一樣。

原振俠可以肯定，事情真的有些不對頭了，連忙問：「什麼事？」

陳維如依然**心神恍惚**，跌坐在沙發上，用一種近乎哭喪的聲音説：「玉音她——她——」

徐玉音是陳維如的妻子，兩人結婚已將近三年，她是一個**事業型女子**，在一家大企業擔任相當重要的職位。陳維如這樣講，顯然是夫妻之間出了問題。

年輕夫妻吵架，那是十分**尋常**的事。原振俠當時就笑了起來，「怎麼？兩夫妻吵架了？」

「吵架？哦，玉音她——」陳維如一臉茫然，突然抓住原振俠的手臂問：「振俠，如果我告訴你，我感覺到玉音忽然變成了一個**陌生人**，你有什麼意見？」

原振俠皺起了眉，夫妻間起了誤會，旁人難以多加意見，只嘆了一聲説：

嚴重到這個地步？

陳維如看來像自言自語：「真的陌生，她自己好像也感到同樣陌生！」

原振俠聽不懂他這句話的意思，勸也無從勸起，只好**無可奈何**地苦笑着。陳維如望着他似有話想説，卻欲言又止，最後還是沒有再説什麼，就**揮手**離去了。

精神失常

七號手術室

　　第二天，原振俠照常到醫院工作，忽然響起了緊急的**鐘聲**。這種緊急的信號，表示手術室裏出了極嚴重的意外，需要附近的**醫生**趕去協助。

　　原振俠立即向手術室奔去，當來到兩旁全是手術室的走廊時，另外還有三個醫生也趕到來。他們都看到，第七號手術室門口的**紅燈**一閃一閃地亮着。

這時，手術室門打開，兩個實習醫生幾乎是拖着一個醫生走出來，那正是陳維如！

其中一個實習醫生向原振俠他們幾人叫道：「**快，快！**陳醫生錯切了病人的一條主血管，病人──」

眾人不等聽完，就衝進了！

其實這只是十分簡單的闌尾切除手術，但在手術才

開始不久，陳維如竟然切斷了病人一條通向大腿的主要血管。一個外科醫生，如果在手術中錯誤切斷病人的主要血管，那是極其嚴重的**手術失誤**。

幸而病人沒有性命危險，但陳維如的錯誤是不可原諒的。當天下午，就有一個緊急會議由院長主持，檢討這件事。原振俠也參加了會議，他同情地望着陳維如，但陳維如卻一直避開所有人的**目光** ，只說：「我不想為自己辯護，我⋯⋯認為自己⋯⋯不再適宜當外科醫生！」

陳維如的話令在場所有人震動，原振俠立即大聲問：「**為什麼？**」

陳維如神情茫然，「因為⋯⋯我不能保證⋯⋯不再犯同樣的錯誤，我⋯⋯我⋯⋯」

他沒再講下去，會議亦無法繼續進行，院長只好宣布：「由於陳維如醫生的疏忽造成**錯誤**，醫院方面決

定暫時停止他的職務，等待進一步調查。」

　　陳維如在院長宣布完後即時衝出

會議室，原振俠想叫住他，但沒

有成功，連電話也接不上。

陳維如的家在一幢高級大廈的高層，原振俠一下班就趕去找他，按了兩下，門便打開，原振俠看到女主人徐玉音。

對方可能剛忙完公司的繁雜事務，看來帶着幾分倦容，但依然**明麗可人**。當她看到來客時，神情顯得十分意外，像是面對着一個陌生的訪客一樣。但事實上，

他們曾見過好幾次，算是相當**熟悉**的了。

原振俠笑了一下，「維如在嗎？」

女主人「啊」地一聲，「維如還沒回來，你是維如的朋友吧，請進來坐！」

原振俠登時**怔了一怔**，因為對方那句話就似完全不認識他，這怎麼可能呢？

他不由自主向對方多看了幾下，的確是陳維如的妻子徐玉音。

原振俠只好**自嘲**地笑道：「陳太太不記得我了？我叫原振俠，是維如醫院中的同事。」

徐玉音忽然笑了起來，這笑容是突如其來的，她一面笑，一面說：「你在跟我開玩笑？我怎麼會不記得你。上次聚會你拚命喝酒，我就曾經問你是不是想**忘記**心中記掛着的什麼事。」

精神失常

原振俠笑道：「真的，讓你見笑了。」他跟着徐玉音進入那佈置得極其**高雅**的客廳，踏着象牙色的長毛地毯，在米色的天鵝絨沙發上坐下來。

陳維如還沒有回家，這使原振俠有點**擔心**，因為陳維如離開醫院時，情緒看來十分不穩定，所以原振俠一坐下來便説：「這個時候維如應該回家了，你覺得他會在什麼地方？」

徐玉音正在沖調**咖啡**，並沒有轉過身來，只説：「不知道，我們很少過問對方的行蹤。」

原振俠吸了一口氣，坦白告訴她：「維如今天進行一項手術時，出了一點**意外**——」

徐玉音聞言震動了一下，以致手中咖啡也濺了出來。她連忙抓起一塊布，抹着濺出來的咖啡，一副**心**不在**焉**的樣子。

原振俠嘆了一聲，索性把話說開了：「陳太太，或許我不該問，但維如是我的 **朋友**，所以——是不是你們夫妻之間，有了什麼爭執？」

　　徐玉音立時睜大了眼睛，「誰說的？我們之間——」

　　她講到這裏，突然頓了一頓，聲調變得相當憂鬱：「是不是他對你說了什麼？」

第五章

突然到訪的黃部長

看到徐玉音的反應那麼大，原振俠忽然又覺得，別人的家事還是不該過問，忙道：「沒有，他沒說什麼。」

然後他站了起來，「維如不在，我也不等他了。請你轉告他，如果他想找人 **傾訴** 的話，我會在宿舍等他。」

徐玉音並沒有挽留的意思，只是陪着原振俠來到門口，替他開門。

原振俠坐電梯時，心中仍然十分**疑惑**，他至少捕

捉到兩個疑點：一個是徐玉音像是完全不認識他；另一個是他提到陳維如出了意外，徐玉音雖然震動了一下，但竟然沒有關心那是什麼意外。

　　原振俠跨出電梯，經過寂靜的大堂，走出了大廈，馬

上看到一個人倚在燈柱旁，木然地抬頭望。

　　淡黃色的路燈映在那個人的臉上，他正是陳維如！

原振俠連忙走過去，陳維如仍然維持着原來的姿勢，望着自己所住單位的**陽台**。

未等原振俠開口，陳維如就問：「你才下來？你看到她了？」

原振俠點點頭，陳維如馬上又問：

「**她，是不是她？**」

原振俠登時皺起了眉，他實在聽不懂陳維如的話，什麼叫「她是不是她」？

可是，陳維如在問了這樣**莫名其妙**的一句話後，卻緊盯着原振俠，神情十分嚴肅，在等着原振俠的回答。

「我不懂你的話，什麼叫她是不是她？而且，你為什麼不回去？」

陳維如依然只關心那個問題，又**重複**道：「她是

不是她？」

原振俠嘆了一口氣，「當然是她！我想我還不至於認錯人。」

陳維如卻惘然而痛苦地搖着頭，「不，她已經不是她了！」

原振俠大感，陳維如的精神狀況顯然不太正常，不然他也不會在一項簡單的外科手術中出錯。

「我還是不明白，要是她已經不是她了，那她是什麼人？」原振俠問。

只見陳維如盯着原振俠，**一本正經**地說：「她是個陌生人！」

原振俠嘆了一聲，勸道：「我看你應該好好去檢查一下——」

他的話還沒講完，陳維如就**憤怒廾**起來：「你以為

我精神不正常？」

原振俠**老實不客氣**地說：

是，我看你不正常
到了極點！你需要
適當的輔導和治療！

「你可以盡情取笑我，但是你真的不明白，你不明

白……」陳維如不住地搖着頭。

他這句話講得十分**沉痛**，原振俠嘆了一口氣，說：

「好了，你該回家去了。」

陳維如沒再說什麼，慢慢向大廈走去，當來到門口時，他又轉過身望向原振俠，像有什麼話要說，但**猶豫**了一下後，還是沒有說出任何話來，就走了進去。

原振俠一路駕車回宿舍，一路對陳維如的情況反覆思考，身為醫生，他覺得陳維如的精神狀態極不穩定，不知道是受了什麼**刺激**，看來不但需要長期休息，還得進行藥物治療，他準備明天向醫院當局提出這一點。

原振俠在宿舍附近停了車，當他下車時，察覺到有點異樣。夜已經相當深了，宿舍旁邊的空地上，往常只有幾輛熟悉的**車子**，全屬於宿舍裏的單身醫生，可是這時卻有兩輛陌生的大房車停在空地上。

最可疑的是，那兩輛車內明明有人又完全**沒有亮燈**。原振俠還瞥見那些人似乎穿着統一的黑色服裝，車上更掛着外交使節專用的車牌。

突然到訪的黃部長

原振俠沒有停留，逕自返回宿舍，但當他來到自己家的門口時，竟看見門外站着兩個**黑衣人**。

他們和那兩輛車上的黑衣人明顯是一伙的，同樣穿着深黑色西裝，身形相當高大，一看就知不是好惹的。

原振俠盡量保持*鎮靜*，問：「兩位找人？」

他們其中一人指了一下門，用十分平板而不帶感情的聲音説：「**黃部長**在裏面等你很久了。」

原振俠呆了一呆。

黑衣人的英語帶有濃重的歐洲口音，聽起來像是法國人，可是他們的皮膚黝黑，顯然不是歐洲人。而原振俠這時才留意到，自己的住所裏有**音樂聲**傳出來。

「什麼黃部長，我認識他？」原振俠一臉疑惑。

另一個黑衣人已伸手扭動門柄，推開了門，向原振俠

做了一個「請進」的手勢。

　　原振俠非常**憤怒**，他清楚記得自己離開宿舍時有把門鎖好；但這時門一推就開，可見有人擅自進入他的住所！那個黃部長到底是什麼人？怎可以這樣**為所欲為**？

他悶哼了一聲，用力將門推開，氣沖沖走了進去，立時又呆住，因為他看到一個苗條的 **背影** ——那位女子一頭長髮垂在背上，手中正拿着一張唱片封套在細看着。

那女子知道有人進來了，卻沒有轉過身來，只說：「賀洛維茲這個鋼琴怪傑，真有他 **獨特** 的演奏方法，是不是？」

原振俠並沒有回答，只是深吸一口氣，反手關上了門。他的 **心跳** 十分劇烈，因為他一看到眼前的背影時，便已經知道那是黃絹，不可能是第二個人！

黃絹如今已是卡爾斯將軍統治那個非洲國家中極其重要的人物，原振俠本以為自己再也沒有機會見到她，想不到黃絹竟然會出現在他的家中！

原振俠大感 **愕然**，好一會才定下神來，向前走出了一步說：「你好，好久不見了！」

黃絹轉過身來，原振俠盯着她看，她還是那麼美麗、高傲，而且比以前多了幾分**霸氣**。

她揚着眉説：「對不起，我不習慣在外面等人，所以自己開門進來了。」

原振俠攤了攤手，「彼此老朋友，我不介懷，請坐。」

黃絹笑了笑，順手放下手裏的**唱片** ，坐了下來。原振俠又吸了一口氣，用遲疑的聲調問：「黃部長？」

黃絹微笑道：「這是我正式的官銜之一，新成立的一個部門——**軍事情報部** 。」

原振俠絲毫沒有肅然起敬的感覺，卡爾斯將軍統治的那個國家，包括卡爾斯將軍本人在內，都給人恐怖、厭惡之感，並不值得尊敬。

只是黃絹對於如今的權位十分滿意，原振俠明白**人各**有志，也不值得去爭論了。

他只是「哦」地一聲，說：「你不見得是為了和我討論賀洛維茲的鋼琴藝術而到這裏來吧？」

黃絹的笑容仍然**高傲**：「當然不，我有一項重要

突然到訪的黃部長

75

任務在身，到了這裏，想起你也在，便順道來看看老朋友。」

「謝謝你記得我，不過你探訪老朋友的方式，太特別了。」原振俠*話中帶刺*。

「外面那些人全是我的手下。」黃絹告訴他：「我這次來的身分，是阿拉伯聯盟組織的特別代表團團長。」

原振俠吹了一下口哨，對於黃絹不斷**炫耀**自己的身分，頗為反感。他嘲笑道：「任務是什麼？不是對我們這個城市實施石油禁運吧？」

黃絹悶哼了一聲，說：「不是，我是來調查尼格酋長的**失蹤案**。」

第六章

調查
失蹤事件

　　原振俠呆了一呆，尼格酋長這個名字和「失蹤」
連在一起，他絕不陌生。那是兩三個月前轟動一時的
新聞——阿拉伯一個酋長國的酋長，在搭乘私人噴
射機到達夏威夷群島中的毛夷島後神秘失蹤，世界各地的
傳媒都有繪聲繪影的報道。

　　咦，尼格酋長是在夏威夷失蹤的，黃絹為什麼要來幾
千公里外的另一個城市**調查**？

但原振俠對這事件並不感興趣，他只問：「調查工作順利嗎？」

黃絹**悶哼**了一聲，現出十分憤慨的神情來，「可惡得很，王一恆竟然向我擺架子，明天才肯見我！」

原振俠又呆了一呆，王一恆這個名字，他當然認識，那是聞名國際的**大富豪**。但是調查尼格酋長失蹤，黃絹為什麼要去見王一恆？原振俠卻想不出原因來。

黃絹看出他的疑惑，便說：「整件事可謂極其神秘而**不可思議**。我來看你，就是想把事情的經過向你說一說，聽聽你的意見。」

原振俠苦笑了一下，「我？我不過是一個普通的醫生，只懂分析病情，不會分析案情。」

黃絹皺了皺眉道：「但你對於不明不白的事有種鍥而不捨、追根究柢的精神。我們曾為一件**神秘**的事，

共同探索真相。難道你現在已經沒有了這樣的探究精

神？」

　　原振俠淡然地笑了笑，「好吧，我聽聽。不過當時

我也注意到這段新聞，其中大部分經過，我想我已經知道

了，你不必**重複**。」

「至少有兩點是你不知道的！」黃絹説：「第一，尼格酋長當日一到夏威夷，他的行蹤就受到嚴密監視 ，而派員監視他的真正幕後策劃人，正是王一恆！」

這果真是原振俠不知道的事，不禁引起了他的興趣，「他為什麼要這樣做？」

黃絹説：「還不知道，我準備一見面就直接問他！」

「你覺得他會告訴你？」

黃絹「哼」地一聲説：「你不知道尼格酋長失蹤，使得阿拉伯世界多麼震怒？王一恆的**財富** 再多，也無法和整個阿拉伯世界 **對抗**。而且他是一個極其精明的商人，懂得權衡輕重，跟不同勢力打交道。」

原振俠吸了一口氣，説：「好，但願你成功。」

可是黃絹 **加強語氣** 道：「明天我們見到王一恆，就可以知道答案了！」

原振俠幾乎跳了起來，「我們？你這樣算是 **邀請**，還是 **命令**？」

黃絹有點調皮地笑着說：「當然是邀請。」

「如果是邀請，那我拒絕。我現在是醫生，每天有極繁忙的工作，跟以前學生時代大不相同了。」

黃絹馬上用第二個秘密 **引誘** 他：「第二點你不知道的，是尼格酋長出發到毛夷島前發生的一些事！」

原振俠**凝神傾聽**，黃絹便接着説下去：「尼格酋長失蹤後引起最大混亂的，當然是他統治的那個酋長國。他幾個兄弟如今正在爭權奪利，要不是沙地阿拉伯王室一直對尼格家族有着影響力的話，早就開始**內亂**了。我被委任為調查團團長之後，第一時間去了那個酋長國，還查出尼格酋長出發前，曾經見過達爾智

者。」

達爾智者是部落中的一位 *智者*，整個酋長國，其實就是一個游牧部落。石油帶來了財富，但並沒有改變當地習俗，智者仍然受着部落人民的 *尊敬*。據說，尼格酋長見過達爾智者後顯得十分憂鬱，再過了沒多久，他就突然決定到夏威夷去。

黃絹於是主動去見達爾智者，向他詢問：「若干時日之前，尼格酋長曾經來見你，請問你們講了些什麼？」

　　智者**笑而不語**，黃絹便告訴他：「尼格酋長離奇失蹤，我受到整個阿拉伯世界的委託去調查酋長的**下落**，希望你能盡力配合。」

　　只見達爾智者沉默了片刻，才說出一句：「尼格並沒有失蹤。」

　　黃絹實在忍不住加強語氣道：

　酋長失蹤了，而且是在極神秘的情形下失蹤！

智者接着説：「尼格沒有失蹤，反而在見他樂於見到的人，做他樂於做的事！」

黃絹皺着眉，對這種**故弄**玄虛的講法十分不滿，正想發怒之際，達爾智者又説：「既然你代表着整個阿拉伯世界而來，我可以告訴你一點：尼格來見我，是因為他心中有疑難，他不知道應否接受一項**邀請** 。」

黃絹心中一凜，感覺事情終於有些端倪了。

智者繼續道：「尼格可謂擁有了一切，可是為什麼還受不住一項邀請的**誘惑**呢？那證明他擁有一切只是表象，實際上什麼也沒有。」

他的話還是那麼**空泛**，黃絹只好直接問：「請問是誰邀請尼格酋長？」

智者搖頭道：「不知道！不但我不知道，連尼格自己也不知道！」

黃絹忍住了**不滿** ，再問：「他到什麼地方去？去了之後會得到什麼？」

這一次得到的回答更空泛：「到他該去的地方，不要希望得到什麼，而是應該放棄些什麼，將心靈裏的**污垢**清洗掉⋯⋯」智者又說起玄之又玄的道理來。

直到會面結束，黃絹也無法從智者口中得到進一步的線索。但那時候，黃絹已通過外交途徑，取得美國中央情報局的調查資料，同時對尼格酋長失蹤有了一定的了解。

可是，尼格酋長曾**接受**「一項邀請」這一點，卻是連中央情報局的調查小組也不知道的。

黃絹的推斷是：有人提出了一個極**吸引**的條件，邀請尼格酋長到毛夷島去，卻在尼格赴約之際，不知用了什麼方法使他

失蹤。那個在背後搞鬼的人到底是誰？黃絹立即想到王一恆，因為在中央情報局的報告書中，提到王一恆派人密切注意尼格酋長的行蹤，此舉相當**可疑**！

於是，黃絹就決定來見王一恆，直接詢問他為什麼要這樣做。

以黃絹如今的身分，掛着「阿拉伯大聯盟代表團團長」的名銜，要去見王一恆，也並非難事。

黃絹給王一恆的**約見函** ，是由一個阿拉伯國家的領事館代發。

這封信由王一恆的秘書許小姐，照慣常一樣，在上午十時左右送到王一恆的辦公室。許小姐盡了做秘書的本分，向老闆解釋：「這個阿拉伯大聯盟代表團好像是新成立的，以前從來未聽過；而且**團長**竟然是一位**女子**，可算是打破了阿拉伯傳統。」

王一恆聽到許小姐這樣說，**遲疑**了一下，問：「會不會有問題？」

許小姐回答道：「不會是**假冒**的，我已經向領事館方面核實過。這位團長黃絹小姐，是卡爾斯將軍身邊的紅人，身兼數職，**權傾朝野**，在整個阿拉伯世界中，幾乎與卡爾斯將軍有着同等的影響力。」

王一恆點了點頭，「好，安排時間見她。」

第七章

出手相助

▶ ▶ ▶ ▶ ▶ ▶ ▶ ▶ ▶ ▶ ▶

　　黃絹把中央情報局調查尼格酋長失蹤的 **報告書** 內容留下來，希望引起原振俠的好奇心。

　　等到原振俠詳細看完那份報告書，**曙光** 已經透進了窗簾。尼格酋長的失蹤過程實在太神秘了，原振俠決定向醫院 **請假**，並打電話告訴黃絹：

　　「我和你一起去見王一恆。」

　　黃絹歡呼了一聲，說：「請你先到我住的酒店來。」

黃絹住在全市最**豪華**的酒店中一間大套房，原振俠不由自主吸了一口氣，黃絹說：「離約定的時間還有一小時，你已經看過那份報告書吧？有什麼想法呢？」

原振俠攤開了雙手，「神秘之極，**茫無頭緒**。」

黃絹卻有一個想法：「你看這會不會是……一個重大的**陰謀**，有龐大的勢力精心策劃，綁架了尼格酋長？」

原振俠不以為然，「綁架的目的無非是勒索，可是一直未有人開出條件。」

黃絹冷笑道：「勒索金錢，只不過是一些小賊綁架小人物才會做的事。像尼格酋長這樣的大人物，匪徒的目的是製造**混亂**，從中獲利。譬如陰謀者在道吉酋長國製造混亂，將早已收買好的人捧上台接替尼格酋長，那麼得到的益處比任何勒索得來的**金錢**還要多呢。」

黃絹的話也不是全無道理，原振俠想了一想，說：

「若真的如你所言，那麼，世界上能主持這種大陰謀的人，不會有太多。」

「是。」黃絹點頭道：「而王一恆恰好有*足夠*的條件！」

兩人接着又開始猜測尼格酋長願意赴約的原因，但他們並不知道，尼格酋長連續三年收到神秘的**請柬**。開始的第一年，酋長根本未曾注意過；第二年，他也一笑置之；到了第三年，當他又收到同樣的請柬時，仍然沒放在心上。沒想到就在這時，該國發生了一件不為外人知的大事。

那可以說是該酋長國的「*宮廷秘密*」——尼格酋長的一個兄弟，暗中勾結並收買了一批武裝部隊的軍官，已經向尼格酋長發出**最後通牒**，逼他放棄酋長的頭銜，而由這位陰謀策動者來繼任酋長。

出手相助

尼格酋長花了三天時間去了解自己的處境，發現情況相當糟糕。他嘗試向幾個鄰國的元首暗中求助，但得到的回應十分冷淡，正感到*絕望*之際，他想起了那張請柬。

請柬中「閣下將會見到最想見的人，和遇上最渴望發生的事」這一句，對任何一個處於絕境、孤立無助的人來說，吸引力極大，甚至是他唯一的*希望*。

尼格酋長先去請教達爾智者，他在那裏其實並沒有得到什麼具體 **答案**，但他心中早已下了決定，應邀到毛夷島去。當他駕着車駛向針尖峰之際，心裏只渴望着發生一件事：要見到陰謀策動者的**失敗**！

尼格酋長到毛夷島的原因，就是那麼簡單，黃絹當然想不到。因為酋長喜歡自己處理信件，三年來連續收到請柬的事，只有他自己知道。

黃絹和原振俠不管怎樣猜測，都不得要領。

沒多久,與王一恆約好的時間快到了,黃絹站起來說:「委屈你一下,充當我的顧問。」

原振俠倒不在乎,反正他已經決定和黃絹一起調查這件事。他只是說:「王一恆絕不是一個容易應付的人。」

黃絹 **自負** 地笑起來,「我不是,你也不是!」

原振俠笑了起來,然後跟黃絹和她的隨行人員一起離開酒店,前往王一恆的大樓。他們在那裝飾得十分**豪華**的會客室中,等了不到三分鐘,一個看來很有禮貌的年輕人走進來,說:「我是王先生的秘書,請各位到王先生的辦公室去!」

黃絹站起來,挺着身,向前走,原振俠隨即跟上。

那年輕人領着大家來到辦公室 **門** 外,在保安鏡頭前向王一恆報告一聲,門便自動打開。

王一恆已經準備好笑容,和表示 的手勢,可

是當他一看到漂亮的黃絹時，登時**呆住**了！

那禮貌的笑容僵在他臉上，他的身子甚至未完全站直，就凝住不動了，視線一直留在黃絹的臉上。他這種**失儀** 的神態，使黃絹也不禁呆了一呆。

王一恆的秘書立時提高聲量報告：「王先生，這位就是──」

秘書介紹黃絹的頭銜，王一恆也恢復了常態，**禮貌**地說：「歡迎，請坐！」

黃絹也客氣地回應：「幸會！」

王一恆接着說：「黃團長有什麼貿易上的問題，只管提出來好了，我一定盡力使雙方都有利。」

黃絹直視王一恆，聲音極其**鎮定**：「我這次來其實是想問王先生一個問題。」

王一恆睜大眼睛，感到事情有點**不尋常**。

黃絹不給對方多考慮的機會，**開門見山**道：

「請問你為什麼要派人跟蹤尼格酋長在夏威夷的行動？」

王一恆立時震動一下，不由自主地站了起來。

這時辦公室中的氣氛緊張到了極點，秘書站在一旁**目瞪口呆**，原振俠沉着臉，而王一恆和黃絹則對望着。

王一恆挺了挺身子，維持着禮貌的微笑，兩個人仍然站立，互相盯着對方。

好一會，王一恆沉聲道：「我非回答這個問題不可？」

「我看最好是回答。」黃絹 冷冷地 說。

王一恆的神情回復輕鬆，先做了一個手勢，請黃絹坐下來，可是黃絹卻只是盯着他看。王一恆首先坐了下來，用一種 悠然 的語氣說：「只不過是為了私人的理由。」

黃絹當然不滿意這個答案，美麗的臉龐上閃過一絲怒意，用冰冷的聲音說：「王先生，這不成理由！」

王一恆卻針鋒相對：「除此之外，無可奉告 ！」

第八章

富豪舅舅

面對着王一恆，黃絹這次可算是棋逢敵手了。她沉住氣，微笑道：「王先生，你可曾想過，一個重要的阿拉伯領袖失蹤了，而失蹤前曾受過你的監視，這樣的事會引起什麼後果？」

黃絹擺明出言**威脅**，可是王一恆雙手交叉放在腦後，神態自若道：「後果我已經看到了，就是黃小姐你大駕光臨。」

「那只是後果之一。如果這次來訪沒有結果的話，那就只好認定尼格酋長失蹤，是閣下精心**策劃**的行動，而閣下將會與整個阿拉伯世界為敵，包括卡爾斯將軍。」

卡爾斯將軍與世界各地的恐怖分子關係密切，王一恆緩緩吸一口氣，説：「那麼，看來我該和你合作才是？」

「最好是那樣。」

王一恆欠了欠身子，説：「還是剛才的回答，純粹是為了 **私人的理由** ──」

才講到這裏，黃絹又站了起來。

王一恆立時補充道：「其中有一點**曲折**，十分有趣，不過我不習慣接受人家的盤問，如果作為朋友間的閒談，我倒可以毫不保留地説出來。」

在劍拔弩張的談話中，王一恆竟然 **話鋒一轉** ──

黃小姐，今晚你有空嗎？

這使黃絹也感到**意外** 😮，但她倔強地接受了挑戰，答道：「有，我們可以一起吃晚飯。」

王一恆深深地吸一口氣，「好，請等一等，我請秘書安排時間和地點！」

他一面說，一面按下接到秘書室的對講機**按鈕** 。

剛要開口，對講機突然傳出 *急促* 的聲音：「王先生，有一位陳先生一定要來見你！」

王一恆即時怒斥：「我已經吩咐過不見任何人——」

秘書竟然打斷王一恆的話：「可是那位陳先生——」

話未能說完，已聽到另一把聲音在 **哭叫**：「舅舅，是我，我一定要見一見你！」

原振俠一聽那哭叫聲，就覺得聲音很熟悉，一時之間卻想不起是誰。

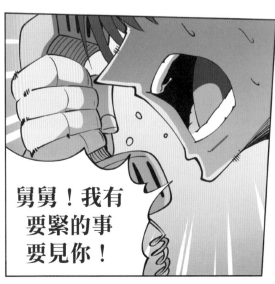

舅舅！我有要緊的事要見你！

王一恆還來不及說話，黃絹已笑了起來，諷刺道：「看來今天晚上，只是你沒有空！」

「喂！你不能進去！」秘書的急叫聲伴隨着急促的，還夾雜着那個人的哭叫聲。王一恆氣憤地按下按鈕，辦公室的門便自動打開，一個人幾乎直仆了進來。

那人似乎完全沒注意到辦公室中還有別的人，一進來就直衝到前，若不是有一張辦公桌隔着，他一定直撲到王一恆身上！

他雙手撐在桌上，大口喘着氣，額上青筋暴綻，滿臉都是**汗珠**。而當原振俠看清這個人的面容後登時呆住了，因為他竟然是陳維如！

原振俠張大了口，還未喊出陳維如的名字，陳維如已經叫了起來：「舅舅，我殺了她！我殺了她！」

王一恆怒道：「你胡說什麼？」

陳維如繼續喘着氣道：

「我殺了她！」

在場的人都**吃了一驚**。

「住口！你沒看到我有重要的客人？」王一恆怒吼。

直到這時，陳維如才轉頭看了一下，當看到原振俠時，他整個人都震動得**彈跳**起來。

同一時間，兩個秘書神色慌張地衝到辦公室門口，不敢進來。王一恆示意他們退下，並用按鈕把辦公室的門關上。

陳維如是王一恆的外甥，更是王一恆唯一的親人。陳維如十二歲那年，父母在一宗車禍中**喪生**。當時他們在英國居住，王一恆接到噩耗後，立即到英國處理後事，亦提議年少的陳維如從英國搬到他身邊，陳維如卻**拒絕**了。陳維如的父親有不少遺產，足夠讓陳維如受高等教育，王一恆也只好由得陳維如自己決定。

陳維如是一個十分**有志氣**的人，在醫學院畢業

後，雖然來到了這個亞洲城市，可是他從未向別人提及過王一恆是他的舅舅。而事實上，身為一名出色的外科醫生，他有獨立生活的條件，也不必去依靠他這個赫赫有名的舅舅。

所以，原振俠和陳維如雖然是 **好 朋 友**，也不知道他和王一恆有這樣的親戚關係。

陳維如又哭叫道：

振俠，
我殺了她！

原振俠是用阿拉伯代表團團員的名義走進這辦公室的，叫王一恆如何想到，對方竟是自己外甥的好朋友。

原振俠扶住陳維如，問：「你殺了什麼人？」

陳維如突然哭了起來，身體激烈地**發着抖**，「其實，我不是殺了她，她不是她，她不是她！」

任何人聽起來，都只會把這句話當作**胡言亂語**，但原振俠一聽，心頭卻狂跳起來，因為他知道陳維如口中的「她不是她」，就是指他的妻子徐玉音。

剎那間，原振俠渾身泛起了一陣**寒意**🙁，甚至一開口就有點口吃，他問：「你殺了——玉音？」

陳維如的淚下得更急，**抽噎**着道：「是，我殺了她！我實在無法忍受，她——她根本是個陌生人！」

王一恆自然知道「玉音」是陳維如的妻子，他實在忍不住**怒意**😠，大聲喝道：「你胡説些什麼？」

他一面說，一面走過來，揚起手，重重打了陳維如一個**耳光**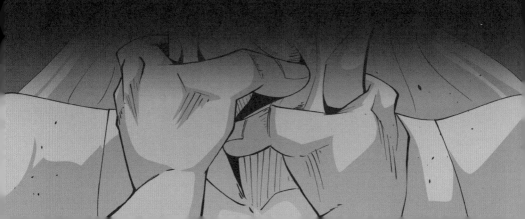。

陳維如挨了一記耳光，卻一點也沒有**反抗**，只是雙手搗住了臉，發出陣陣嗚咽的聲音來。

王一恆轉向原振俠，厲聲質問：「你是怎麼認識他的？」

原振俠**鎮靜**地回答：「我和他是醫院的同事，我們是十分要好的朋友。」

原振俠回答王一恆的問題後，把陳維如搗住臉的雙手拉下來，說：「你慢慢講，究竟發生了什麼事？」

陳維如雙手**發抖**，顫聲道：「我……扼死了她，就是用這雙手……扼死了……她……」

這時候，桌上的對講機忽然響起了**尖銳**的聲音。王一恆用力按下一個按鈕，秘書惶急的聲音便傳了過來：「王先生，有兩位警官一定要來見你！」

第九章

目擊證人

得知有警察來了，王一恆怔了一怔，向對講機說：「叫他們等一等，我有 **重要** 的事。」

他說完鬆開了電話的按鈕，不由自主地喘起氣來。

黃絹冷冷地說：「看來真有人殺了人！」

王一恆 **狠狠** 瞪了黃絹一眼，陳維如則急得跳了起來，「舅舅，你一定要救我！我殺的實在不是她，她已不是她！我實在忍不住⋯⋯扼死了⋯⋯」

王一恆喝停他：「你先別胡説八道，我會找律師！」

原振俠卻提議道：「要不要我先出去看一下，那兩個警官是為了什麼事而來？」

王一恆吁了一口氣，點了點頭。原振俠便打開辦公室的門，走了出去。

大概十多分鐘後，原振俠回到王一恆的辦公室，指着陳維如，對王一恆説：「警方知道他進了這幢大廈，也知道你們之間的親戚關係，如今有上百名警察在逐層搜索，因為顧及你的地位，知道你正在開重要的國際性會議，所以才沒有進來！」

王一恆悶哼一聲，「我要把全市最好的律師，全部都叫來！」

黃絹冷笑道：「就算全世界最好的律師加在一起，也無法使一個自己承認殺了妻子的人變得無罪。」

「我根本不相信他殺了人！」王一恆怒道。

黃絹又笑了起來，故意問：「陳先生，你是不是殺了你的妻子？」

陳維如顫抖着說：「是，我殺了她！」

可是不到兩秒，又緊張地補充道：「不，不，我殺的不是她！」

陳維如這種反常的話，已不知說了多少次。王一恆雙手緊握着拳，第一次讓外人看到他如此煩躁的樣子。

黃絹趁機開出條件：「我有辦法解決你的煩惱，但條件是你也必須解決我的煩惱。」

王一恆一聽就明白，「是一項交易？我要將為什麼派人去跟蹤尼格酋長的事，原原本本告訴你？」

「是的！」

「那麼，我得到什麼？」

黃絹指着陳維如，「我可以使他不落入警方手中，讓他安全離開這幢大廈，甚至這個城市。」

　　王一恆只考慮了不到三秒鐘，就伸出手來。

　　「我**信任**你，我可以先把他弄到一個領事館去，之後你再告訴我，為什麼要跟蹤尼格酋長。」黃絹與他握手，表示「交易」已經達成了**協議** 。

黃絹採用的辦法也十分**簡單**，她那些護衛全都有外交人員身分，只要從中挑選一個身形和陳維如相仿的，交換了衣服，便可以**魚目混珠**，讓陳維如冒充成阿拉伯代表團的一員，走出大廈。

黃絹帶走了陳維如後，王一恆接見了那兩位警官，一副不耐煩的神情道：「這是什麼意思？警方行動太過分了！陳維如的確是我外甥，但你們怎麼可以隨意搜索，**擾亂**我們業務運作？」

兩個警官不停地**道歉**😞，年長的那個解釋：「我們肯定疑兇進了這裏，才採取行動的。」

王一恆悶哼一聲，坐了下來，那個年長警官又說：「王先生，警方掌握的資料已經相當**充分**，你要聽一下事情的經過嗎？」

王一恆揮手道：「我很忙，你對我的秘書說好了！」

他說着指了指原振俠，原振俠呆了一呆，但心中非常樂意接受，因為他正想知道陳維如殺人的始末。

在一間精緻的會客室中，原振俠聆聽他們詳細叙述案情。

首先是陳維如所住大廈管理員的陳述內容：「那時大概是十一點左右，我準備出去**巡邏**，恰巧從閉路電視看到陳醫生走進電梯，電梯裏只有他一人。

「本來我也沒有太注意，可是陳醫生那時的神情不大對勁，從閉路電視看到他不斷抓自己的**頭髮**，又緊握着拳，不斷敲打着電梯的**牆壁**。

「我於是繼續觀察着陳醫生，直到**電梯**停了下來，門打開，陳醫生還沒有立即走出去，仍站在電梯裏，卻突然向電梯門外伸出手去——」

那時有一個年輕人剛好送完女朋友回家，而他女朋友就住在陳維如住所那一層。當電梯門打開之際，那年輕人就遇見陳維如從電梯裏突然伸出手來。

那年輕人的說法是：「我真的嚇了**一跳**，電梯門一打開，我以為沒有人，正想一步跨進去，竟差點撞在陳

醫生身上。我以前見過陳醫生許多次，彼此是認得的，但

這次陳醫生好像根本不認識我。他的樣子**可怕**極了，口

目擊證人

中發出含糊不清的聲音，面上肌肉扭曲着，雙眼射出一股**兇狠**的光芒來，還突然伸出雙手，像是要捏我的頸！

「我嚇了一大跳，及時避開，而陳醫生忽然用極可怕的聲音問：『**你是誰？**』

「我回答了他，但他繼續大聲道：『你別騙我，我知道你不是，你不是！你究竟是什麼人？你再不説，我就殺了你！』」

那年輕人要不是認識陳醫生，一定會以為他是個**瘋子**。年輕人又後退了兩步，問：「陳醫生，你喝醉了？」

後來警官曾問那年輕人：「他真的喝醉了？有很大的酒氣？」

年輕人想了一想，**搖頭**道：「我倒沒有聞到任何酒氣。」

警官沒有再說什麼，年輕人就繼續憶述下去。

當時陳維如的叫聲頗大，驚動了一個單位的人打開門來，那正是陳維如的家。

「我也認識走出來的人。」那年輕人說：「那是陳醫生的太太，就是案中的死者，真是太**可怕**了！」

原來當時徐玉音開門走出來，皺眉道：「維如，你叫嚷什麼？」

徐玉音一出現，陳維如的神情就像遭到了**雷擊**一樣，震動了一下，然後連走出了幾步，一下子來到電梯旁邊的**滅火筒**附近，發出可怕的聲音，繼續在叫着：「你是誰？老實說，你是誰？」

徐玉音一直皺着眉，沒有回答。那年輕人看到這樣的情形，便說：「陳太太，要不要我幫忙扶他進去？他大概是**喝醉**了！」

這時候，年輕人的女朋友也因為外面的吵聲而走了出來；與此同時，管理員因為不放心，亦乘搭另一部電梯上來看個究竟。

因此接下來發生的事共有三個**目擊證人** ，分別是大廈管理員、那年輕人和他的女朋友。

三個人的説法一致，管理員的叙述最生動：「我想來想去，總覺得陳醫生的舉動十分**古怪**，所以上來看看。

「電梯門一打開，我就聽到陳醫生大聲叫，樣子很可怕。而陳太太站在家門口，門打開着；陳醫生的鄰居——林小姐和她的男朋友也在場。我曾見過她的男朋友好幾次，每次林小姐**晚歸**，總是他送回來的。

「我走出電梯，陳醫生立即又大叫起來——」

陳維如叫着的仍然是那句話：「你是誰？我看你已經

不是你，你——你——」

他叫到這裏，突然急促地喘起氣，接着又説：

「你是從 **阿拉伯** 來的？」

陳維如忽然之間叫出這句話來，令人感到莫名其妙。

但更奇怪的是，根據三位證人的口供，陳維如當時不斷說自己的妻子是阿拉伯人之外，還指稱妻子是阿拉伯的一個酋長！

原振俠聽到這裏，整個人幾乎直跳了起來！

第十章

命案經過

原振俠正是因為一個在夏威夷群島上失蹤的阿拉伯酋長，而跟黃絹、王一恆扯在一起，如今忽然又從陳維如口中冒出一句「阿拉伯酋長」來，這不是太巧合、太古怪了嗎？

可是這兩件事**風馬牛**不相及，他怎麼也想不出半點關係來。

原振俠在思緒一片*紊亂*之中，苦笑着問：「陳維如

怎麼會認為他的妻子是一個阿拉伯酋長？這不是太 荒誕

了嗎？」

　　那兩個警官都同意原振俠的話，「是的，真是太怪誕

了！」

　　陳維如質問徐玉音，徐玉音的反駁卻十分 軟弱，只

靠着門邊道：「你在胡説什麼？」

　　陳維如反而一副 **理直氣壯** 的樣子，大聲喝道：
「你敢否認？你敢說不是？我就要你現出原形來！不管你
是什麼妖精，我要你現出原形來！」

　　他這樣大叫一聲後，突然跑到角落去，伸手摘下掛在
牆上的 **滅火筒** 來，迅即就噴向徐玉音。

　　徐玉音驚叫了一聲，立時後退，雖然退得快，但已經

命案經過

被滅火筒噴得滿身都是 **泡沫** 。

徐玉音本來站在門口，她一退，就退進了屋子內，並且立刻將門關上。可是陳維如像 **猛獸** 一樣，直撲了過去，連人帶筒重重撞在門上，將門撞了開來，整個人跌了進去，讓旁觀的三個人都嚇得 **驚呆** 住。

管理員和那年輕人首先衝進去，林小姐跟在後面。他們進去後，看到臥室的門重重地關上，顯然是徐玉音躲進了臥室。

倒地的陳維如正掙扎着站起來，而那滅火筒則在地上失控地亂噴着泡沫，弄得 **一團糟** 。不過大家都無暇去理會那些泡沫，只關心陳維如的狀況，看到他的態度愈來愈怪異，更哈哈大笑着説：「原來有用，原來真有用！她怕了，她會現出原形來！」

他一面叫，一面去拾起滅火筒，管理員和年輕人立即

衝上去，把陳維如緊緊抱住，不讓他有進一步行動。

兩人合力終於將陳維如按在沙發上，陳維如掙扎得**滿頭大汗**，喘着氣大叫道：「出來，出來！你為什麼不敢出來？」

「陳醫生瘋了，要不要報警？」林小姐看見情形愈來愈不對勁，她已經拿起了手機，準備報警。

可是就在這時，臥室的門打開，徐玉音走了出來，神態鎮定了不少，説：「不必報警了，陳醫生他──最近事業上有點小**挫折**，心情不好，喝醉了，沒有事的。」

徐玉音這樣説，倒令大家鬆一口氣。她還對陳維如柔聲道：「維如，我什麼都告訴你好了！」

陳維如心頭一震，低下了頭。

管理員和那年輕人看到氣氛已經**緩和**了許多，也就鬆開了手。

只見陳維如站起來，又坐下去，說：「你知道發生了什麼事？」

徐玉音**苦笑**了一下，「我盡我所知告訴你。」

陳維如像是同意了，默不作聲。在旁的三個人立即明白他們夫妻間的**爭執**已經告一段落，現在最好自然是讓兩夫妻自己解決問題。

於是三人互望了一眼後，管理員首先說：「陳醫生，你也該**休息**了。」

他說着已向外走去，年輕人和他的女朋友也採取同樣的態度，一起離開。

管理員回到他的小房間時，已是午夜十二點。到了凌晨四點，他又被一下**砰然巨響**驚醒。出於職業習慣，他一被驚醒就立時跳起來，直衝出去。

當他朝着聲響的來源奔去時，竟看到陳維如像是一

輛失控的跑車般**碰碰撞撞**。陳維如向前衝出了一步，撞在一列信箱上，發出一下巨響，然後扶住了牆，轉過身來。

命案經過

管理員不但注意到陳維如的神情十分駭人，而且還注意到他手中提着一個顯然是女人用的化妝箱。

　　管理員很 **機智**，立即意識到一定有什麼不尋常的事發生了，於是試探着問：「陳醫生，有什麼事？這麼晚你要去哪裏？」

　　陳維如沒有回答，只是直奔向大廈的 **大門** ，倉皇地離開了。

　　管理員不知道發生了什麼事，心中 *惴惴* **不安**，決定上樓去看看。

　　他才一出電梯，就感到事情不對勁，因為陳維如住的那個單位大門半開着。在凌晨四時大門半開，這絕不是 **正常** 的事。他在門口叫了幾聲，沒有人回應，就逕自走了進去。

一進屋子，管理員就嚇一大跳，慌忙報警。二十分鐘後，大批警方人員趕到，看到徐玉音倒在客廳中，屋子十分**凌亂**。接着來到的法醫，在徐玉音的頸上發現了明顯的扼痕，初步推斷徐玉音是因為頸部受扼而**窒息**致死的。

根據幾位證人及種種環境證供，陳維如幾乎毫無疑問是**殺人兇手**，他立即被通緝。

而他進入王一恆那幢大廈之際，恰好被兩個巡邏警員看到。其後警方查出陳維如與王一恆有親戚關係，自然更加緊張，立時派大隊人馬進入大廈**搜索**。

當兩位警官講述完一切經過之後，原振俠只是苦笑，一句話也講不出來。

兩位警官臨走的時候說：「原先生，請你轉告王先生，一有**疑兇**的下落，立即和警方聯絡！」

原振俠連連點頭，「當然！當然！」

他送兩個警官出去後，王一恆已經迫不及待要見他。原振俠於是把案情經過，向這位大富豪概述了一遍。

王一恆自始至終只是**皺着眉**，等到原振俠講完，才開口道：「原先生，我想問你一個私人問題。」

原振俠怔了一怔，不知道王一恆在這個時候有什麼要問自己。

王一恆也不等他回應，已經提出疑問：

你是維如的同事，是本市醫院中的醫生，請問為何又會成為阿拉伯代表團的成員？

（待續）

目前已披露的線索

🗝 證　　物：銀色請柬

🗝 特　　徵：純銀色的薄片，上面印有深黑色的文字，
　　　　　　 文字分別屬於六種不同的語言。

🗝 發出時間：連續三年於十二月三十日發出。

🗝 請柬內容：邀請六名地位極高的人物前往夏威夷的毛
　　　　　　 夷島。

可疑人物：陳維如

特　　徵：沉默寡言的外科醫生，因手術失誤而暫時
　　　　　被停職。

人物關係：原振俠的好友
　　　　　王一恆的外甥
　　　　　徐玉音的丈夫

疑　　點：三名目擊證人指出他曾襲擊妻子徐玉音，
　　　　　其後有人發現他的妻子於家中死去。

目前狀況：躲藏在領事館內。

可疑人物：徐玉音

特　　徵：事業型女子，長得明麗可人。

人物關係：陳維如的妻子

疑　　點：似乎認不得原振俠，丈夫陳維如也多次指控她猶如陌生人一樣。

目前狀況：已死於家中。